개 마음 다이어리

꺼벙한 개 케인이의 바들바들한 하루

이탈리안 그레이하운드
케인 지음

개 마음 다이어리

꺼벙한 개 케인이의 바들바들한 하루

CONTENTS

EPILOGUE 에필로그

우리 집 개 케인이에게 부치는 편지 88

TiPs 개 사랑 & 개 존중 & 개 행복

개 돌보미 체크리스트 92
개 권리 헌장 94
개 마음 이론 95

\<부록\> 개 마음 다이어리 워크북

🐾 책을 뒤집으면 우리 집 개의 기록을
직접 써 볼 수 있는 새로운 책이 됩니다.

우리 집 개 다이어리 꾸미기 140

개 마음 작가가 된 케인이

안녕하세요? 저는 허리 케인(Hur-Lee. Cane)이라고 해요.

그냥 편하게 '케인'이라고 부르시면 돼요!

2014년에 수의사 아빠가 운영하는 동물 병원에서 태어나 생후 5개월 때 지금 반려인 가족에게 분양되었어요. 오래전부터 유럽 왕국의 사랑을 한 몸에 받은 혈통 있는 개인 이탈리안 그레이하운드(IG, Italian Greyhound)랍니다. 어쩌다 보니 한국의 부산 해운대에 있는 한 아파트에 살고 있어요.

저는 극소심하고 엄청 수줍음이 많아 자주 바들바들 떤답니다. 털까지도 초단모라 추위에 굉장히 취약해서 추운 날엔 더 자주 바들바들 떨게 돼요.

무지하게 순하고 착한 편이라 깨벙하다는 소리도 종종 들어요.

달리기에 최적화된 몸이라 빨리 뛰는 걸 좋아하지만, 예민하고 겁이 많아 밖에 한 번 나가려면 큰맘을 먹어야 해요. 집에서 엄마가 해준 수제 간식을 먹을 때 제일 행복해요. 가족 몰래 순대, 소보로, 닭발을 먹을 때도요!

누나가 출판사를 여는 바람에 저더러 '개 책'을 내보자고해서 개 마음을 쓰는 '개 작가'가 돼 보기로 했답니다. 저 케인이의 개 마음 다이어리를 읽고 우리 개 친구들의 마음에 공감해 주는 사람들이 많아졌으면 좋겠어요.

프로필

Dog Profile

🐾 이 름	허리 케인 (Hur-Lee. Cane)
🐾 생 년 월 일	2014. 12. 28.
🐾 견 종	이탈리안 그레이하운드
🐾 성 별	남견
🐾 중성화 여부	Yes

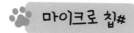 마이크로 칩#   410 0978 00389963

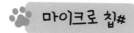 몸 무 게   10 kg

신체 치수

다리길이	목둘레	가슴둘레	등길이	털색
18.5cm	27cm	55cm	41.5cm	연한 코코아색 & 아이보리색

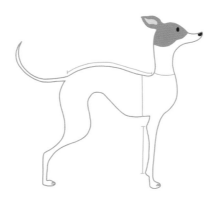

성장 기록
Dog Growth Chart

날짜	나이	몸무게	등길이	체고	특이사항
2015. 06. 27	6개월	4.5kg	33cm	22cm	발육이 심상치 않다!
2016. 12. 25	만 2세	8.5kg	38.5cm	38cm	이탈리안 그레이하운드 중에 덩치 제일 거구!
2023. 12. 28	만 9세	10kg	41.5cm	42cm	1kg 감량이 필요해!

개 비만도 체크

비만은 대사 질환, 호흡기 질환, 심장 질환, 내분비계 질환, 다양한 종양, 관절염 등 각종 질병을 일으키고, 최대 2.5년까지 수명을 단축할 수 있어 관리가 필요해요! BCS(Body Condition Score)는 지방 축적, 갈비뼈, 허리모양 등 체형을 살피고 만져보며 개의 비만도를 확인하는 방법이랍니다.

- BCS 1~3단계 = 마름~저체중

  갈비뼈 부분에 지방이 거의 없고 갈비뼈, 척추, 골반뼈가 눈이 보임 위에서 보면 허리 굴곡이 보임

- BCS 4~5단계 = 이상적인 체중

  갈비뼈 부분에 지방과 함께 갈비뼈가 만져짐, 위에서 보면 허리가 균형잡혀 있음

- BCS 6단계 = 경미한 과체중

  갈비뼈가 어느정도 만져짐, 위에서 보면 허리 굴곡이 거의 안 보임

- BCS 7~9단계 = 비만~고도비만

  갈비뼈가 만져지지 않음, 위에서 보면 허리 굴곡이 전혀 없음

Dog Family Tree

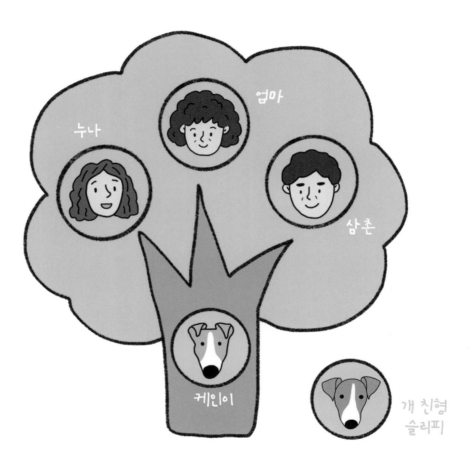

누나

엄마

삼촌

케인이

개 친형
슬리피

케인이네

누나

바쁘다며 잘 안 놀아주지만
떨어져 있으면 보고 싶다고
난리인 누나

삼촌

한 번씩 놀러오셔서 극기
훈련급 산책을 시키는 삼촌

엄마

지극 정성으로 돌봐주시는,
둘도 없는 소울 메이트 엄마

이 름	이 나 무 (케인이 누나)
사 는 곳	부산시 해운대구 청사포로 케인이네 꺼벙하우스
인스타그램	@green_univ
	@hur_lee_cane

성격
Dog Character

개-MBTI 재미로 만들어 본 개-MBTI로 케인이 성격 유형 분석!

외향 Extraversion	에너지 방향	내향 Introversion
☐ 우리 개는 비교적 활달한 쪽이다		☑ 우리 개는 비교적 차분한 쪽이다
☐ 우리 개는 밖에 나갔다 오면 에너지가 더 솟아난다		☑ 우리 개는 밖에 나갔다 오면 에너지가 소진된다
☐ 우리 개는 산책 할 때 다른 개를 만나면 먼저 다가가는 편이다		☑ 우리 개는 산책 할 때 다른 개를 만나면 슬슬 피하는 편이다

I (내향)

감각 Sensing	인식 기능	직관 iNtuition
☐ 우리 개는 새로운 장난감을 사주면 좋아하면서 바로 가지고 놀아본다		☑ 우리 개는 새로운 장난감을 사주면 시간을 두고 관찰하고 탐색한다
☐ 우리 개는 가만히 있기보다 뭔가 할 일을 계속 찾아 다니는 편이다		☑ 우리 개는 생각이 많아 보이고 멍 할 때가 많다
☐ 우리 개는 처음하는 훈련을 시도하면 간식을 노리고 일단 뭐든 따라 해본다		☑ 우리 개는 처음하는 훈련을 시도하면 무슨 상황인지 파악하려고 빤히 쳐다본다

N (직관)

16

사고 Thinking	판단 기능	감정 Feeling
☐ 우리 개는 잘못해서 혼나고 나도 별로 개의치 않는다		☑ 우리 개는 잘못해서 혼나고 나면 침울해하거나 바들바들 눈치를 많이 본다
☐ 우리 개는 반려인이 기분이 안 좋아 보여도 잘 모르고 평소처럼 행동한다		☑ 우리 개는 반려인이 기분이 안 좋아 보이면 알아차리고 옆에 와서 위로한다
☐ 우리 개는 불만이 있으면 바로 표현하고 관심을 많이 요구하지 않는 편이다		☑ 우리 개는 민감해서 스트레스를 잘 받고 애정 표현을 계속 해줘야하는 편이다

F (감정)

판단 Judging	생활 양식	인식 Perceiving
☑ 우리 개는 나름대로 일관된 습관과 규칙적인 하루 일과가 있는 것 같다		☐ 우리 개는 상황에 따라 유연하게 행동 하고 자유롭게 일상을 보내는 것 같다
☑ 우리 개는 반려인이 평소와 다른 생활 패턴을 보이면 혼란스러워 긴장하는 편이다		☐ 우리 개는 반려인이 평소와 다른 생활 패턴을 보여도 동요하지 않고 느긋한 편이다
☑ 우리 개는 밖에서 배변할 때 나름대로 정해 놓은 곳에 하는 편이다		☐ 우리 개는 밖에서 배변할 때 어디든 상관없이 하는 편이다

J (판단)

I N F J

🐾 집에 있고 싶으면서도 밖에 나가고 싶다
🐾 은근히 자기만의 고집이 있다

🐾 감수성이 풍부하고 반려인의 감정을 살피며 눈치본다
🐾 조용히 지내고 싶지만 내심 주목받고 싶기도 하다
🐾 낯가림이 심하고 친절한 개와 사람을 좋아한다
🐾 큰 소리나 험악한 갈등 상황을 극도로 싫어한다
🐾 멍해 보여도 나름대로 규칙과 계획이 있다

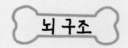

뇌 구조

꺼벙한 우리 집 개 케인이는 무슨 생각을 하고 살까?

나가기 싫다 VS 나가고 싶다

계속 잠와... 이불 밖은 위험해 아~ 춥다 추워

또 자야지! 가족 절대 지켜 사랑해요!

바람 나무 싫어!

고마워요! 엄마 어디갔어...

무한 던지기 좀 해볼까 펭귄인형 제발 버리지마요

오토바이 물리쳐! 1일 1악어껌

비둘기들 날려버려! 배고파요! 바보인척하는 천재컨셉 유지

닭발은 언제 주지? 내 꿈은 개 작가 슈퍼스타

맛있는 냄새 나는데?

앗 맛있는거 발견! 아 ...기뻘려

몰래 야무지게 먹어야지 오래오래 살아야지

케인이 일기

개꿀 정보

첫 번째 일기

제목 : <허리 케인, 아직 청춘입니다만>

날짜	12 월 28 일 목 요일	날씨	바람

10 years ago...

바람보다 빠른
이탈리안 그레이하운드!
돌풍전 허리케인!
달려달려~훗!

N O W ?
마음만은 여전히 청춘

어느새 열살이 되었다. 엄마는 내가 나이드는게 무섭다며
내 나이를 부정한다. 모르는 사람이 내 나이를 궁금해하면
다섯살이라고 거짓말을 하신다. 덕분에 난 몇년째 다섯살로
살고 있다. 내 나이가 어때서! 걱정마, 장수견이 될테다!!

개꿀 정보 ① 나이

우리 집 개는
사람 나이로 몇 살일까?

개 VS 사람 나이 차트

체급 Size 성견 몸무게	소형견 Small 10kg 미만 말티즈, 푸들, 포메라니안, 닥스훈트, 치와와, 시츄 등	중형견 Medium 10~25kg 미만 웰시코기, 비숑, 보더콜리, 비글, 시바, 슈나우져 등	대형견 Large 25~45kg 미만 말라뮤트, 리트리버, 셰퍼드, 도베르만, 시베리안 허스키 등	초대형견 Giant 45kg 이상 아프간하운드, 잉글리시 쉽독, 세인트 버나드, 코몬도르 등
개 나이 Dog Age	사람 나이 Human Age			
~만 1 년	15	15	15	15
2	24	24	24	22
3	28	28	28	31
4	32	32	32	38
5	36	36	36	45
6	40	42	45	49
7	44	47	50	56
8	48	51	55	64
9	52	56	61	71
10	56	60	66	79
11	60	65	72	86
12	64	69	77	93
13	68	74	82	100
14	72	78	88	107
15	76	83	93	114
16	80	87	99	121
평균기대수명	10~15년	10~13년	10~12년	8~10년

기네스북(2023.2)에 오른 최고령 개 '보비'의 나이는 31세, 조용하고 평화로운 환경이 장수비결!

두 번째 일기

제목 : <주의 ! 고라니 아님>

| 날짜 | 2 월 10 일 수 요일 | 날씨 | 맑음 ☀ |

산책을 나가면 시선을 한몸에 받는다. 할머니들은

자주 내 정체가 '고라니'인지, '사슴'인지 물으신다.

개라고 하면 깜짝놀라시며 개가 너무 말랐다고

밥 좀 많이 주라고도 말씀해주신다. 밥 좋아!!

개꿀 정보 ② 견종

우리 집 개의
혈통은 뭘까?

7가지 견종 그룹

목양견 그룹

Herding group

- 농장에서 가축을 몰던 개
- 현재 마약 탐지견, 구조견 활약
- 똑똑, 친화력이 좋은 개
- 대표 견종
  웰시코기, 보더콜리, 져먼 세터드,
  올드 잉글리시 쉽독, 자이언트
  슈나우져 등

사역견 그룹

Working group

- 힘들거나 위험한 일을 해 준 개
- 썰매견, 경호견 역할 수행
- 튼튼, 힘이 강한 개
- 대표 견종
  시베리안 허스키, 도베르만 핀셔,
  그레이트 데인, 사모예드 등

조 수렵견 그룹

Sporting group

- 새 사냥을 돕던 개
- 새 찾기(포인팅), 새 날리기(플러싱),
  새 주워오기(리트리버) 역할
- 대표 견종
  아메리카 코커 스패니얼
  잉글리쉬 세터, 골든 리트리버,
  래브라도 리트리버 등

대형 수렵견 그룹

Hound group

- 사냥감을 수색하고 쫓던 개
- 아름다운 자태, 경주견 활약
- 달리기, 시각, 후각 매우 발달
- 대표 견종
  그레이하운드, 휘핏, 닥스훈트, 비
  글, 아프간 하운드 등

소형 수렵견 그룹

Terrier group

- 땅속 설치류 동물 사냥 개
- 공격적, 에너지가 넘치는 개
- 마음을 잘 주지 않는 성격
- 대표 견종
  불 테리어, 베들링턴 테리어,
  슈나우저, 폭스 테리어,
  잭 러셀 테리어 등

반려견 그룹

Toy group

- 애정을 나눌 수 있는 실내 개
- 반려동물로 개량 된 개
- 작은 몸집, 사람 잘 따르는 개
- 대표 견종
  포메라니안, 말티즈, 치와와,
  퍼그, 푸들, 시츄, 페키니즈 등

비조 수렵견 그룹

Non-sporting group

- 어떤 그룹에도 속하지 않는 개
- 특정 작업 하지 않는 혼합 그룹
- 다양한 배경, 성격, 특징
- 대표 견종
  프렌치 불독, 불독, 비숑 프리제,
  시바견, 달마시안, 차우차우,
  스탠다드 푸들, 져먼 스피츠 등

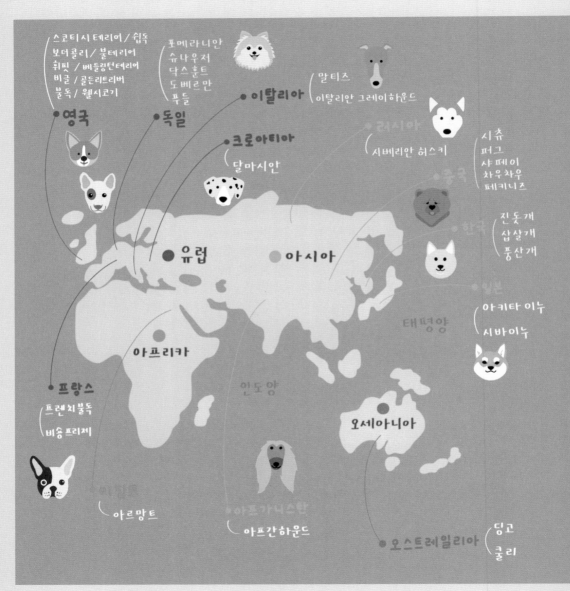

스코티시 테리어 / 쉽독
보더콜리 / 불테리어
휘핏 / 베들링턴테리어
비글 / 골든리트리버
불독 / 웰시코기

포메라니안
슈나우저
닥스훈트
도베르만
푸들

● 이탈리아
말티즈
이탈리안 그레이하운드

● 영국

● 독일

● 러시아
시베리안 허스키

시츄
퍼그
샤페이
차우차우
페키니즈

● 크로아티아
달마시안

● 중국

● 한국
진돗개
삽살개
풍산개

● 유럽

● 아시아

태평양

● 일본
아키타 이누

시바이누

아프리카

인도양

프랑스
프렌치불독

비숑프리제

이집트
아르망트

아프가니스탄
아프간하운드

오세아니아

● 오스트레일리아
딩고
쿨리

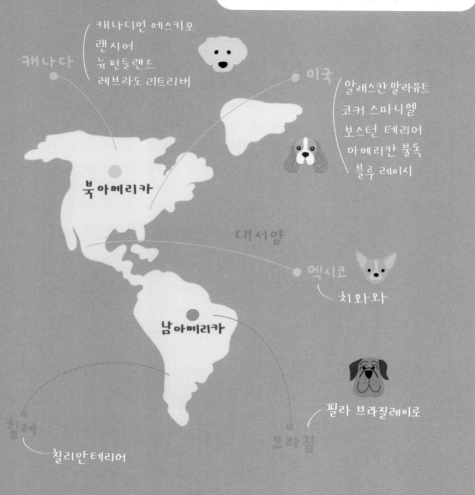

우리 집 개 고향을 찾아봐요!

캐나디언 에스키모
랜시어
뉴펀들랜드
래브라도 리트리버

캐나다

미국

알래스칸 말라뮤트
코커 스파니엘
보스턴 테리어
아메리칸 불독
블루 레이시

북아메리카

대서양

멕시코

치와와

남아메리카

필라 브라질레이로

칠레

브라질

칠리안 테리어

세 번째 일기

제목 : <케인이의 하루 일과>

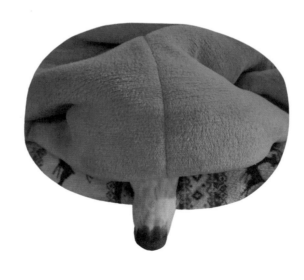

날짜	3 월 23일 토 요일	날씨	구름 ☁

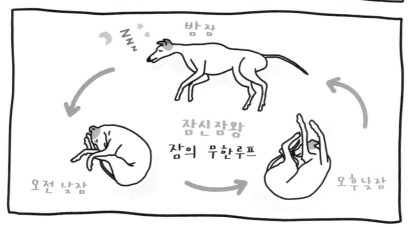

밤잠

잠신잠왕
잠의 무한루프

오전 낮잠

오후낮잠

아침이 됐다. 누나를 깨우기 위해 앞발차기를 했다. 참았던

쉬를 해서 간식을 하나 얻어먹고 낮잠을 또 잤다. 어쩌다

비몽사몽 산책에 끌려나갔다가 다시 떡실신... 오늘도 평균

수면시간 18시간 꿀잠 충전! 잠의 무한루프다.

개꿀 정보 ③ 생활 습관

우리 집 개는
하루를 어떻게 보낼까?

슬기로운 개 라이프

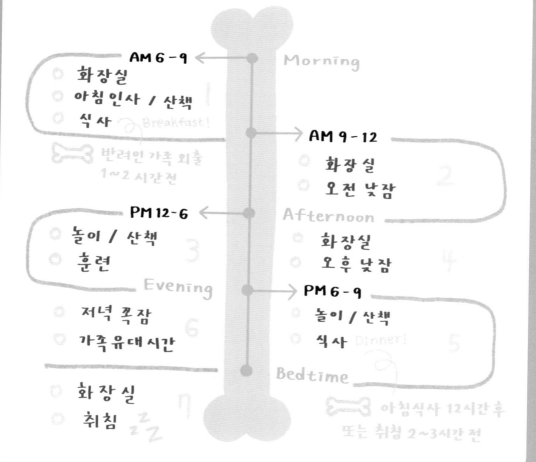

AM 6 - 9 — Morning
- 화장실
- 아침 인사 / 산책
- 식사 — Breakfast!

반려인 가족 외출
1~2 시간 전

AM 9 - 12
- 화장실
- 오전 낮잠

2

PM 12-6 — Afternoon
- 놀이 / 산책
- 훈련

3

- 화장실
- 오후 낮잠

4

Evening

- 저녁 꿀잠
- 가족 유대 시간

6

PM 6 - 9
- 놀이 / 산책
- 식사 — Dinner!

5

Bedtime

- 화장실
- 취침

7

아침식사 12시간 후
또는 취침 2~3시간 전

우리집 개 사랑데이

Checklist

- 산책하기 ⬤
- 공원에서 놀기 ⬤
- 수제 간식 만들기 ⬤
- 아늑한 침대 만들기 ⬤
- 새로운 장난감 사기 ⬤

- 무한정 껴안기 ⬤
- 내내 배 쓰다듬기 ⬤
- 스파 목욕하기 ⬤
- 자연으로 여행가기 ⬤
- 함께 질높은 시간 보내기 ⬤

개 하루 평균 수면 시간은
약 12~14시간이랍니다.

개는 REM 수면(깊은 수면)
도달 시간이 짧아 수면의 질이
떨어져 잠을 많이 잔대요.

awake
but inactive

50%

잠든
시간

asleep

30%
편안한
시간

awake
and ative

20%
활기찬
시간

강아지, 노견, 대형견은
하루에 18시간 이상
자기도 해요!

Have a nice dog sleep!

네 번째 일기

제목 : <케인이의 소울 푸드>

| 날짜 | 4월 5일 금요일 | 날씨 | 비 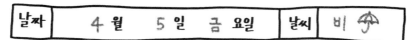 |

비오는 오후엔...
더 간절해지는
내 사랑
♥

닭발 ⚡♥

우리집 먹신 누나만큼 먹는 걸 사랑한다. 고구마, 요플레,

순대, 소보로 빵을 좋아하지만 뭐니 뭐니 해도 엄마가

정성스레 직접 만들어 준 닭발 수제 간식 만한 게

없다. 1일 1닭발 무조건 사수!!!

개꿀 정보 ④ 음식

개가 먹으면 좋은 음식,
나쁜 음식이 있을까?

아무거나 먹으면 안돼요!

독이 되는 음식

자일리톨, 알코올, 과일씨,
감자, 토마토 잎, 줄기, 아보카도,
사탕, 초콜릿, 카페인,
마늘, 양파, 포도, 건포도,
마카다미아 넛츠, 피칸, 시나몬,
고양이용 음식, 사람 비타민

나쁜 음식

아이스크림, 소금, 호두,
버섯, 베이컨, 생감자, 우유,
복숭아, 자두, 아몬드

괜찮은 음식

치즈, 요거트, 삶은 새우,
빵, 삶은 참치, 파스타,
구운 감자, 밥, 블루베리,
씨 없는 수박, 씨 없는 오렌지

좋은 음식

바나나, 당근, 호박, 오이, 애호박,
상추, 셀러리, 삶은 아스파라거스,
삶은 브로콜리, 익힌 돼지고기,
익힌 연어, 굽거나 삶은 고구마,
구운 닭고기, 구운 달걀, 코코넛,
씨 없는 사과, 오트밀, 꿀

엄마표 케인이 수제 쿠키 만들기

Recipe

간식 이름 : 꿀맛 수제 쿠키

재료 준비 시간 : 2시간

요리 시간 : 7시간, 70도 건조

재료 : 브로콜리, 파프리카, 당근,
양배추, 단호박, 고구마,
북어채, 닭가슴살

요리 순서 :

- 브로콜리, 파프리카, 당근, 양배추를
  찬물에 세척 후 찐다 → 잘게 다진다
  → 믹서기에 간다
- 단호박 고구마를 쪄서 손으로 으깬다
- 북어채를 물에 담궈서 소금기를 3시간
  이상 빼고 잘게 썬다
- 닭가슴살을 쪄서 잘게 다진다
- 모두 섞어서 반죽하여 동그랑땡 모양
  처럼 동글 납작하게 만든다

메모 :

전분을 안 넣기 때문에 수분을 머금어 바삭
하지 않을 수 있으니 먹을 만큼만 소분해
냉장 보관하고, 나머지는 냉동 보관한다.

푸드 트래커 Food Tracker

날짜	제품명	사진	구매처/가격	피드백
2024. 01. 05	내추럴발란스 LID 연어 현미 5kg 사료		멍멍몰 / 67,200원	알러지 예방 피부, 모질 윤기 순식간에 흡입, 엄청 잘 먹음
2024. 02. 08	윔지스Whimzees 악어 모양 밸류백 360g 덴탈껌		윔지스 공식몰 / 19,400원	천연 식물성 1일 1 악어껌 놀잇감으로 여김 너무 사랑함
2024. 03. 15	오메가3벳 Omega3 vet 125ml 영양제		포에버 펫 / 27,900원	사료위에 뿌려 먹는 영양제 비린내 없는 오메가 3

🐾 주의! 광고 아님. 케인이의 푸드 취향입니다:D

다섯 번째 일기

제목 : <약골이지만 괜찮아>

| 날짜 | 6 월 18 일 화 요일 | 날씨 | 흐림 |

멍멍개 동물병원

병원에 가는 건 정말 무섭다. 작은 개에게 꼬리도 물리고,

치주염때문에 이빨을 7개나 발치했다. 갑상선 기능 저하증도

있어서 털도 빠진다. 매번 병원신세에 바람 잘 날 없지만

우리 가족의 무한 애정이 있으니깐 난 끄떡없지롱~~

우리 집 개의 건강은
어떻게 관리하면 좋을까?

우리 집 개 건강 체크

코

- [ ] 촉촉함
- [ ] 점액 없음
- [ ] 분비물 없음
- [ ] 갈라짐 없음

귀

- [ ] 먼지 없음
- [ ] 붉은 반점 없음
- [ ] 염증 없음
- [ ] 나쁜 냄새 없음

눈

- [ ] 깨끗함
- [ ] 밝음
- [ ] 붉은 반점 없음
- [ ] 분비물 없음

입

- [ ] 주변반점없음
- [ ] 치아 깨짐 없음
- [ ] 잇몸 핑크색
- [ ] 악취, 염증 없음

My Dog
Health Check

- [ ] 윤기있는 털
- [ ] 털빠진 부위 없음
- [ ] 혹, 상처 없음
- [ ] 절뚝거림 없음

발바닥
&발

- [ ] 불룩하지 않음
- [ ] 발톱 길이 적당
- [ ] 균열, 악취 없음
- [ ] 마르지 않음

몸&
관절

소변

- [ ] 혈뇨 없음
- [ ] 악취 없음
- [ ] 자세 불편 없음

대변

- [ ] 설사 아님
- [ ] 악취 없음
- [ ] 기생충 없음

개 주요 질병 순위

1위 치주질환	6위 위장병
2위 비만	7위 외이도염
3위 피부질환	8위 요로감염
4위 관절염	9위 당뇨병
5위 암	10위 심장사상충

＊ 정기적인 병원 검진, 올바른 영양 섭취, 운동 및 치료에 대한 관심으로 우리 개의 건강을 지켜주세요!

개 건강 적신호

- 평소와 다른 행동을 보여요
- 식욕이 고르지 않고 기운이 없어요
- 산책하다가 주저앉거나 숨이 거칠어져요
- 침을 많이 흘리거나 구토를 해요
- 설사를 하거나 변에 혈액이 보여요
- 코가 마르거나 콧물이 나요
- 지속적으로 몸을 떨거나 경련을 일으켜요
- 엉덩이를 가려워하거나 바닥에 끌고 다녀요
- 기침이나 딸꾹질을 해요
- 갑자기 물을 많이 마셔요

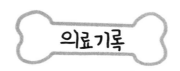

의료기록

병원방문 기록

🐾 <부록>에서 우리 집 개의 기록도 정리 해보세요!

날짜	2023. 05. 18
증상	걷기 힘듦, 엉덩이 주저앉음
진단결과	꼬리 골절
처방 및 주의사항	꼬리 수술, 붕대 처치, 약 처방, 경과 관찰 후 내원
비용	150,000원

날짜	2023. 08. 10
증상	식욕저하, 얼굴부음
진단결과	치주염
처방 및 주의사항	방사선 촬영, 발치, 부드러운 음식 추천
비용	250,000원

날짜	2023. 12. 02
증상	탈모, 피로, 피부건조
진단결과	갑상선 기능 저하증
처방 및 주의사항	주사, 내복약 2주 처방, 경과 관찰 후 혈액검사 및 상담
비용	50,000원

개 예방 접종 관리 및 진료 정보

🦠 기초 접종 (연 1회)

- 종합예방(DHPP: 홍역, 전염성 간염, 파보 바이러스성 장염, 파라 인플루엔자)
- 코로나장염
- 전염성 기관지염(Kennel Cough)
- 광견병
- 신종플루

특별 예방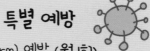

- 심장사상충(Heart Worm) 예방 (월 1회)
- 내부 기생충 예방 (1~2개월내 1회)
- 외부 기생충 예방 (월 1회)

진료 정보
(연 1회)

- 건강검진(혈액검사, 방사선, 소변검사 등)
- 치석제거 및 연마
- 항체검사
- 심장사상충 검사

예방접종 기록

날짜	예방접종 종류	담당 수의사	다음 방문 예정일
2023.04.01	심장사상충(Heart Worm)	닥터 헨리	2023. 05. 01
2023.05.01	심장사상충(Heart Worm)	닥터 헨리	2023. 06. 01
2023.05.25	종합예방접종	닥터 헨리	2024. 05. 25
2023.05.25	코로나장염	닥터 헨리	2024. 05. 25
2023.05.25	전염성기관지염 (Kennel Cough)	닥터 헨리	2024. 05. 25
2023.06.01	심장사상충(Heart Worm)	닥터 헨리	2023. 07. 01
2023.06.20	광견병	닥터 헨리	2024. 06. 20
2023.06.20	신종플루	닥터 헨리	2024. 06. 20
2023.07.01	심장사상충(Heart Worm)	닥터 헨리	2024. 04. 01

여섯 번째 일기

제목 : <엄마 껌딱지>

| 날짜 | 8월 12일 월요일 | 날씨 | 맑음 ☀ |

하염없이
문앞대기

엄마 어디갔지?
엄마 언제와...

엄마가 나 혼자 집에 두고 밖에 나갈까봐 항상 걱정이다.

외출할 낌새가 느껴지면 엄마를 졸졸 따라다닌다. 현관문

앞에 있던 닭발 간식에 홀려 정신없이 뜯다보면 어느새 불러도

대답없는 엄마... 이런! 방심했다. 빨리와 엄마♡

개꿀 정보 ⑥ 마음

우리 집 개는
어떤 마음일까?

내 주변에서 꼬리 흔들기

나를 바라보며 하품하기

내 물건 물고 도망가기

아이컨택 하기

우리 집 개가 나를
사랑하고 있다는 시그널

두 발로 일어서서
격하게 환영하기

내 옆에서
함께 잠자기

나에게 기대기

우리 개가 스트레스 받고 있어요!

털이 심하게 많이 빠져요

동공이 커졌어요

부적절한 곳에
배뇨, 배변을 해요

침을 과도하게 흘려요

간식을 먹지 않아요

숨을 헐떡거리고 있어요

근육이 긴장되어 있어요

얼굴을 찡그려요

발바닥이 젖어있어요

구토를 해요

눈이 붉어졌어요

우리 개가 외로워하고 있어요!

지나치게 짖거나 울부짖어요   몸을 계속해서 많이 핥아요

낮에도 잠만 너무 길게 자요   엎드린 채 쳐다보고 있지만 불러도 오지 않아요

문 근처나 창가에 계속 앉아 있어요   가구나 물건을 물어뜯거나 망가뜨려요

개 외로움 달래는 법

자신만의 공간을 만들어 주세요   영양이 풍부한 건강한 음식을 먹여요

산책이나 드라이브를 시켜주세요   매일 규칙적인 운동을 함께 해요

정신적 자극이 되는 훈련이나 두뇌게임을 해요   마사지를 해주세요

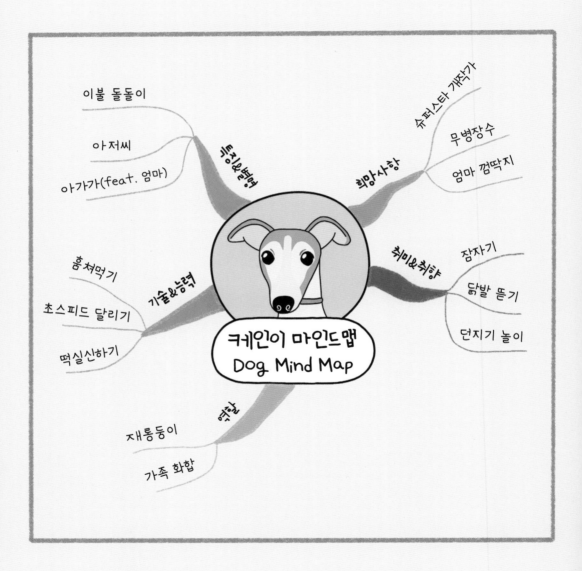

심심풀이 개발바닥 성격 테스트

구름 모양

장난꾸러기
에너지가 넘치는 타입

가는 코 모양

부끄럼쟁이
신사적인 타입

반원 모양

사랑둥이
다정한 타입

둥근 코 모양

용사
충성스러운 타입

삼각형 모양

똑똑이
열정적인 타입

로켓 모양

차분이
독립적인 타입

일곱 번째 일기

제목 : **<제발 던져요!>**

날짜	11월 3일 일요일	날씨	안개

10년동안
3만번 던져지고
물어뜯긴
만신창이
펭귄선생!

심심한 오후, 오늘은 뭘 던지고놀까? 장난감이 가득한

바구니 속에 얼굴을 파묻고 뒤져본다. 내 애착인형 펭귄발견!

3시간 놀아준다던 누나는 던지기 3번 해주고는 어디로 갔는지

사라지고 없다. 누구라도 제발 던지기 놀이 좀 해줘요 ~~

개꿀 정보 ⑦ 놀이

우리 집 개는
뭐하고 놀면 행복할까?

개가 좋아하는 놀이 & 두뇌 게임

콩 토이(간식 찾기 장난감)으로 놀기

새로운 훈련 기술 배우기

산책하며 냄새 맡기

장난감 이름 기억하기

터그 놀이

KONG toy

Brain Puzzle

숨바꼭질 놀이

개 퍼즐 맞추기

술래잡기 놀이

땅 구덩이 파기 놀이

공 던지고 물어오기

컵 아래 숨긴 물건 찾아내기

스너플 매트 에서 놀기

풀 숲에서 간식 찾기

Snuffle Mats

Nose Walk

Dog Bucket List

- [ ] 함께 크리스마스 사진 찍기
- [ ] 같이 5km 마라톤 출전하기
- [ ] 반려견 친화적인 식당에서 외식하기
- [ ] 개가 나오는 영화 같이 보기
- [ ] 생일 파티 열어주기
- [ ] 인스타그램 계정 만들어 주기
- [ ] 함께 소풍가기

개 버킷리스트

- ☐ 로드 트립 떠나기
- ☐ 비행기타고 여행가기
- ☐ 한달에 한 번 함께 찍은 셀카 남기기
- ☐ 우리 개 닮은 예술품(그림, 조각 등) 만들기
- ☐ 가족사진, 가족앨범 만들어주기
- ☐ 개 마음 일기 써주기
- ☐ 개 책 집필해서 개 작가 만들어주기

PART
3

소심한 슈퍼스타 케인이

개 여권 | 해외 여행을 꿈꾸는 케인이 여권

개 발바닥 도장 | 슈퍼 개스타 케인이 발도장

개 패션 | 케인이 갤러리

개 레터 | 팬들에게 보내는 편지

개 여권 | 해외 여행을 꿈꾸는 케인이 여권

케인이는 드넓은 세상을 구경하고픈 꿈이 있어요!
언젠간 케인이도 설레는 비행을 할 수 있겠죠?

① 가장자리 따라서 자르기

② 접기

✂ 절취선

반려견 여권
PET
PASSPORT

대한민국

주 의
Caution

이 여권은 공식적으로 발급하
는 여권이 아닙니다. 동물과
사람의 안전한 이동권 보호
를 원하는 마음을 담아 제작
한 가상 반려견 여권입니다.

✂ 절취선

소지인 연락처

국내주소 부산시 해운대구 청사포로

해운대비치 캐빈하우스

인스타그램 @kur_lee_cane

@green_univ

비상시 연락처

이름 이나무

관계 케이나인

휴대전화 010-2*5*-6*2*

대한민국 개(犬)인 이 여권소지견이
아무 지장 없이 통행할 수 있도록 하
여 주시고 필요한 모든 편의 및 보호
를 베풀어 주시길 것을 관계자 여러분께
요청합니다.

대한민국 반려인협동조합

KORHURLEE<<CANE<<<<<<<<<<<<<<<<<<<<<<<<<<>>>>>>LOVE<<<CUTE<<<HAPPY<GOOFYDOGGIE
410097800389963KOR1412228M<<<<<<<<<<<<<<<<<<<

대한민국 PASSPORT   REPUBLIC OF KOREA

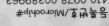

등록번호/Microchip#
410 0978 0038963

성/Surname
HUR-LEE

이름/Given names
CANE

국적/Nationality
REPUBLIC OF KOREA

생년월일/Date of Birth
28 DEC 2014

성별/Sex
M

견종/Breed
Italian Greyhound

털색/Hair Color
Light Cocoa + Ivory

발급관청
허리 카인

사증 VISAS

FINLAND
A001
01.08.24   23

FINLAND
A003
31.08.24   23

✂ 절취선

이 개는 반려 가족의
사랑을 듬뿍 받고 건
강하기에 모든 국가를
여행할 수 있음.

This dog is loved
and healthy by
one's pet family,
so it can travel to
any country.

Signature of Dog
소지견 서명

Cane

VISAS
사 증

✂ 절취선

관계형 백신 접종 내역

백신 이름 및 제조사	백신 접종일 백신 유효일	수의사 확인
		STAMP & SIGNATURE
		STAMP & SIGNATURE
		STAMP & SIGNATURE
		STAMP & SIGNATURE
		STAMP & SIGNATURE

사 증
VISAS

KOREA IMMIGRATION
REPUBLIC OF KOREA
대 한 민 국
DEPARTED
2024 MAR 15

KOREA IMMIGRATION
REPUBLIC OF KOREA
대 한 민 국
ADMITTED
2024 MAR 30
UNTIL

절취선

유럽 연합(EU)은 2001년부터 반려동물 여행제도(Pet Travel Scheme; PETS)를 시작했어요. 동물이 검역을 거치지 않고 쉽게 여행할 수 있도록 하는 제도랍니다. 반려동물 여권(Pet Passport)은 이 제도의 일환으로 만들어졌어요. 함께 여행하는 반려동물의 정보를 공식적으로 기록한 수첩으로 보호자 정보, 반려견의 기본 정보(이름, 생년월일, 마이크로칩 번호, 견종, 털색깔, 사진 등) 및 의료 정보(예방접종, 건강검진, 예방약 복용 내역 등)가 담겨 있어요. 우리나라에는 아직 말을 제외한 다른 반려동물 여권이 없지만 반려동물과 다른 나라를 여행할 계획이라면 나라별로 필요 사항을 확인해서 준비해야 해요.

개 발바닥 도장 l 슈퍼 개스타 케인이 발도장

개 패션 | 케인이 갤러리

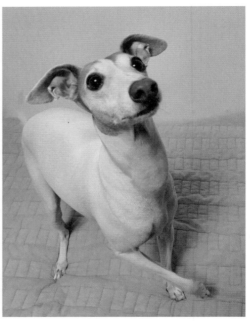

개 레터 | 팬들에게 보내는 편지

안녕하세요. 우선 저의 개 작가 데뷔를 축하해 주시고 관심 보내주셔서 감사합니다. 저는 극소심한 성격으로 세상에 나오는 일이 언제나 꺼려지는데, 어디를 가던 귀엽고 착하다며 예뻐해 주시고 말 걸어 주셔서 조금씩 자신감이 자라나고 있어요. 덕분에 적지 않은 나이에도 이렇게 많은 개들을 대신해 개 마음을 전하고자 하는 사명감(?)과 집필할 용기가 생겼어요. 아무쪼록 『개 마음 다이어리』를 통해 많은 개들과 반려인들 사이에 다정한 소통이 이루어지기를 바랍니다. 반려견의 마음은 반려인과 언제나 따스하게 연결되어 있다는 사실을 기억해 주세요. 그럼 이만 안녕!

A dog is the only thing on Earth that loves you more than he loves himself. **- Josh Billings**

개는 자기 자신보다 당신을 더 사랑하는
지구상의 유일한 존재입니다.
- 조쉬 빌링스

에필로그

우리 집 개 케인이에게 부치는 편지

케인아, 안녕? 동물병원에서 널 처음 만났을 때 우리가 가족이 될 거라곤 전혀 생각지 못했어. 너의 첫 인상은 정말 낯설고 신기하기만 했단다. 털이 복슬복슬했 던 누나의 예전 개 삐(포메라니안)와는 너무 다른 모습에 정을 줄 수 있을까 고 민도 되었어. 수의사 선생님이 너를 품에 안겨주면서 (주일만 데려가 지내보라 하 셔서 그렇게 우리 인연이 시작되었지. 우연인듯 운명처럼 너와 함께 지내면서 우리 가족은 널 사랑하지 않을 수 없게 되었단다.

선물같이 찾아와 먼저 무지개 다리를 건넌 삐의 빈자리를 어느새 가득 메워 준 천사 케인이에게 늘 고마워. 힘들거나 슬픈 일이 있을 때도 언제나 무한한 애정 을 주는 케인이 덕분에 수 많은 어려운 날들을 잘 견딜 수 있었어.

여리고 겁이 많아 자주 바들바들 떨지만 그 모습조차 사랑스러운 케인이의 매력을 오래오래 기억하고 싶어 이렇게 케인이 책을 만들었단다. 너를 관찰하고 너의 마음을 어떻게 옮길까 고민하면서 들리지 않는 네 목소리를 느끼며 누나가 책을 대신해 써보았어. 개로서는 드문 작가 데뷔를 한 자랑스런 케인이에게 커다란 축하를 보내. 언제까지나 건강하고 함께 자주 행복하자. 사랑해 🩶

Tips

개 사랑 & 개 존중 & 개 행복

개 돌보미 체크리스트

🐾

개 권리 헌장

🐾

개 마음 이론

개 돌보미 체크리스트

DAILY DUTIES
일간 돌봄

- [ ] 놀아주기 15분 이상
- [ ] 산책하기 30분 이상
- [ ] 배변처리 1번 이상
- [ ] 사료 & 물 그릇 씻기 1번 이상
- [ ] 눈물 자국제거 1번 이상

WEEKLY DUTIES
주간 돌봄

- [ ] 양치질 3번 이상
- [ ] 털손질 2번 이상
- [ ] 침대 청소 1번 이상
- [ ] 항문낭 짜기 주1회
- [ ] 귀 청소 주1회
- [ ] 목욕 주1회

MONTHLY DUTIES
월간 돌봄

- [ ] 장난감 정리 및 구입 1번 이상
- [ ] 심장사상충 예방 접종 월1회
- [ ] 건강 상태 체크 및 약 관리 월1회
- [ ] 발톱깎기 월1회

ANNUAL DUTIES
연간 돌봄

- [ ] 정기 건강 검진 연1회
  (노견은 연2회)
- [ ] 정기 치과 검진 연1회

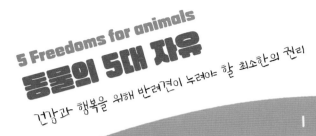

5 Freedoms for animals
동물의 5대 자유
건강과 행복을 위해 반려견이 누려야 할 최소한의 권리

개 권리 헌장

1
배고픔과 갈증, 영양불량으로부터의 자유

2
불편하지 않을 자유

3
통증, 부상, 질병으로부터의 자유

4
정상적인 행동 표현의 자유

5
공포와 스트레스로부터의 자유

개 마음 이론

Hierarchy of Dog's Needs
개 욕구 단계

인지적
성장 욕구
문제 해결 능력
탐험, 독립심

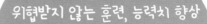
성장 욕구
위협받지 않는 훈련, 능력치 향상

사회적 욕구
사람과 다른 개들과의 유대감, 놀이

정서적 욕구
안전한 환경, 사람에 대한 신뢰감, 애정

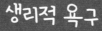
생리적 욕구
적절한 영양, 깨끗한 물, 적당한 운동, 잠, 머물곳, 적정 온도, 돌봄

The greatness of a nation and its moral progress can be judged by the way its animals are treated
- Mahatma Gandhi

한 나라의 위대함과 도덕적 진보의 수준은 그 나라의
동물이 어떤 대우를 받는지를 보면 판단할 수 있다.
ㅡ 마하트마 간디

행기 엄마가 그래서, 행기 엄마가 좋아하는 것 빼기 엄마가 좋아하는 것 빼가

PHOTO

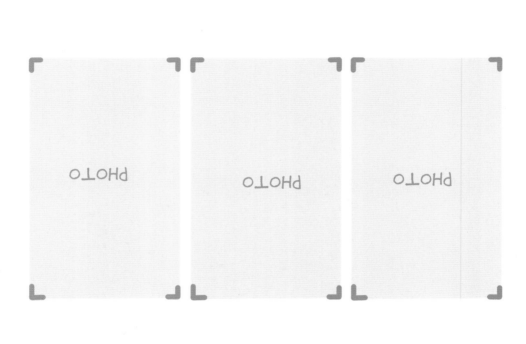

PHOTO

PHOTO

개 발바닥 도장

우리 집 개의 발바닥을 그려보고, 사인도 해 보세요!

사 증
VISAS

광견병 백신 접종 내역

백신 이름 및 제조사	백신 접종일 백신 유효일	수의사 확인
		STAMP & SIGNATURE
		STAMP & SIGNATURE
		STAMP & SIGNATURE
		STAMP & SIGNATURE
		STAMP & SIGNATURE

사 증
VISAS

_____

Signature of Dog 주인의 서명

이 개는 반려 가족의
사랑을 듬뿍 받고 각
나라에 여행 갈 수 있을
만큼 건강하여
여행할 수 있음.

This dog is loved
and healthy by
one's pet family,
so it can travel to
any country.

사증 VISAS

대한민국 REPUBLIC OF KOREA
여권 PASSPORT

등록번호/Microchip#

성/Surname

이름/Given names

견종/Breed

국적/Nationality

털색/Hair Color

생년월일/Date of Birth

한글성명

성별/Sex

KOR<<<<<DogName

<<<<<<<<<<<<<<<<<<<<<<<<<<<<<<<<<<

MicrochipNo

<<<LOVE<<<CUTE<<<HAPPY<<<<<<DOGGIE

절취선

소지견 연락처

국내주소 _____

인스타그램 _____
_____

비상시 연락처

이름 _____

관계 _____

휴대전화 _____

대한민국 개(犬)인 이 여권소지견이
아무 지장 없이 통행할 수 있도록 하
여 주시고 필요한 모든 편의 및 보호
를 베풀어 주실 것을 관계자 여러분께
요청합니다.

대한민국 반견인

반려인의 품격

주 의
Caution

이 여권은 공식적으로 발급하
는 여권이 아닙니다. 동물과
사람의 안전한 이동권 보호
를 원하는 마음을 담아 제작
한 가상 반려견 여권입니다.

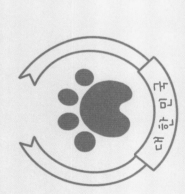

대한민국

반려견 여권
PET
PASSPORT

대한민국

① 가장자리 따라 자르기

② 접기

절취선

개 여권

우리 집 개 여권을 만들어보세요!

드넓은 세상을 구경하고픈 우리 집 개를 위해서 개 여권을

손수 만들어 주세요! 내용을 기록하고, 가장자리를 잘라

반으로 접은 후 접은 선에 스테이플러를 집어주세요.

예방접종 기록

날짜	예방접종 종류	담당 수의사	다음 방문 예정일

예방접종 기록

날짜	예방접종 종류	담당 수의사	다음 방문 예정일

날짜	
증상	
진단결과	
처방 및 주의사항	
비용	

날짜	
증상	
진단결과	
처방 및 주의사항	
비용	

날짜	
증상	
진단결과	
처방 및 주의사항	
비용	

의료기록

병원방문 기록

날짜	
증상	
진단결과	
처방 및 주의사항	
비용	

날짜	
증상	
진단결과	
처방 및 주의사항	
비용	

날짜	
증상	
진단결과	
처방 및 주의사항	
비용	

날짜	약 복용	하루 활동	하루 기분

약 복용 기록

건강관리 기록

우리 집 개의 건강을 체크하고, 기록해 보세요!

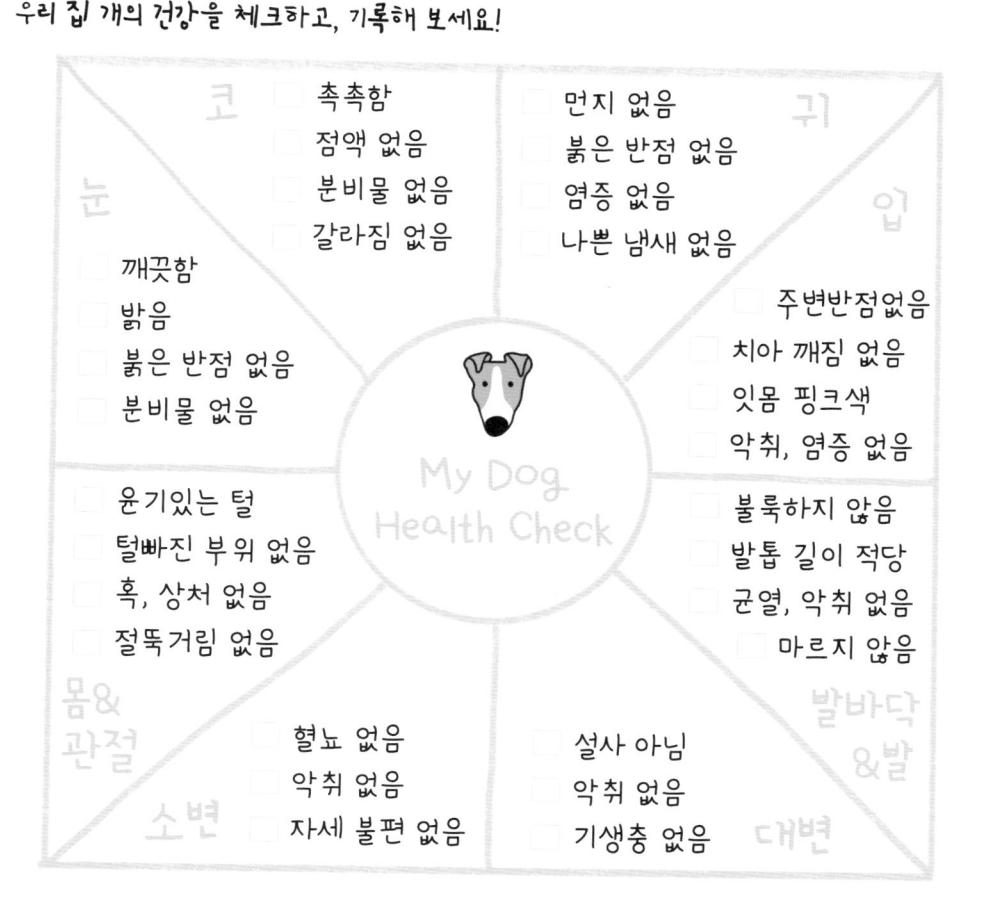

코
- [ ] 촉촉함
- [ ] 점액 없음
- [ ] 분비물 없음
- [ ] 갈라짐 없음

귀
- [ ] 먼지 없음
- [ ] 붉은 반점 없음
- [ ] 염증 없음
- [ ] 나쁜 냄새 없음

눈
- [ ] 깨끗함
- [ ] 밝음
- [ ] 붉은 반점 없음
- [ ] 분비물 없음

입
- [ ] 주변반점없음
- [ ] 치아 깨짐 없음
- [ ] 잇몸 핑크색
- [ ] 악취, 염증 없음

My Dog
Health Check

몸&관절
- [ ] 윤기있는 털
- [ ] 털빠진 부위 없음
- [ ] 혹, 상처 없음
- [ ] 절뚝거림 없음

발바닥&발
- [ ] 불룩하지 않음
- [ ] 발톱 길이 적당
- [ ] 균열, 악취 없음
- [ ] 마르지 않음

소변
- [ ] 혈뇨 없음
- [ ] 악취 없음
- [ ] 자세 불편 없음

대변
- [ ] 설사 아님
- [ ] 악취 없음
- [ ] 기생충 없음

우리 집 개 간식 만들기

Recipe

간식 이름 :

재료 준비 시간 :

요리 시간 :

재료 :

요리 순서 :

-
-
-
-
-

메모 :

푸드 트래커 Food Tracker

날짜	제품명	사진	구매처/가격	피드백

우리 집 개가 좋아하는 음식을 기록해보세요 :D

하루 일과표

우리 집 개의 하루 일과표를 작성해 보세요!

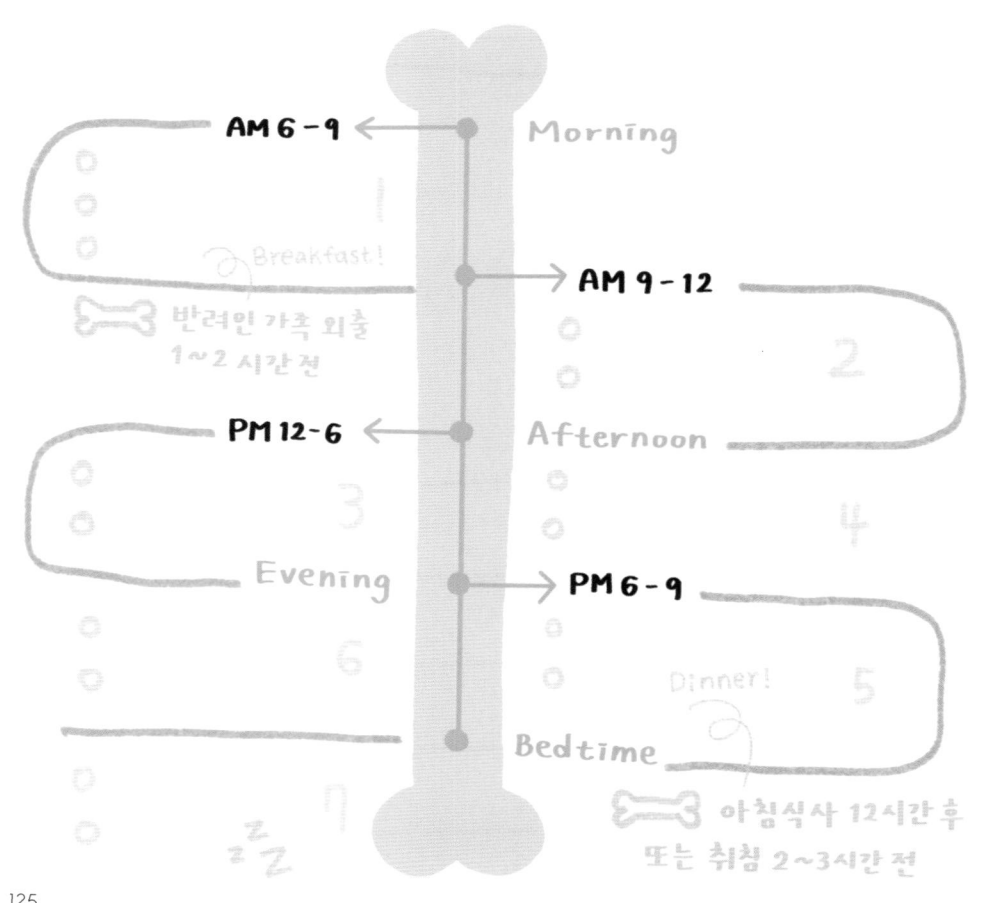

PHOTO

카테나 :

늘 함께 � 기

날짜	월	일	요일	날씨	

PHOTO

첫 번째 이미지

주제 :

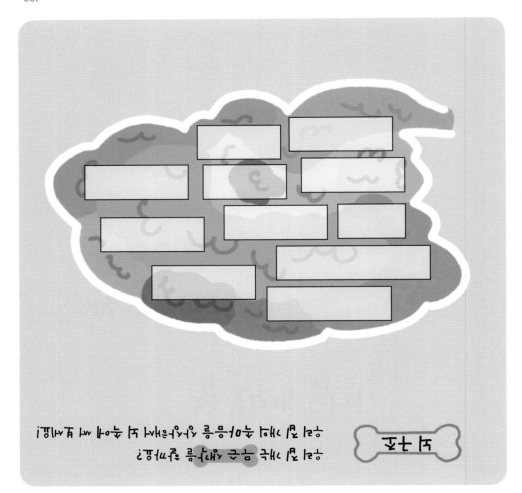

친구들

우리 집 개가 제일 좋아하는 산책길은 어디예요? 우리 집 개와 함께 떠올려 지도에 써 보세요!

우리 집 개가 가장 싫어하는 행동은 뭘까요?

사고 Thinking   판단 기능   감정 Feeling

	사고 Thinking		감정 Feeling
☐	우리 개는 잘못해서 혼나고 나도 별로 개의치 않는다	☐	우리 개는 잘못해서 혼나고 나면 침울해 하거나 바들바들 눈치를 많이 본다
☐	우리 개는 반려인이 기분이 안 좋아 보여도 잘 모르고 평소처럼 행동한다	☐	우리 개는 반려인이 기분이 안 좋아 보이면 알아차리고 옆에 와서 위로한다
☐	우리 개는 불만이 있으면 바로 표현하고 관심을 많이 요구하지 않는 편이다	☐	우리 개는 민감해서 스트레스를 잘 받고 애정 표현을 계속 해줘야하는 편이다

판단 Judging   생활 양식   인식 Perceiving

	판단 Judging		인식 Perceiving
☐	우리 개는 나름대로 일관된 습관과 규칙적인 하루 일과가 있는 것 같다	☐	우리 개는 상황에 따라 유연하게 행동 하고 자유롭게 일상을 보내는 것 같다
☐	우리 개는 반려인이 평소와 다른 생활 패턴 을 보이면 혼란스러워 긴장하는 편이다	☐	우리 개는 반려인이 평소와 다른 생활 패턴 을 보여도 동요하지 않고 느긋한 편이다
☐	우리 개는 밖에서 배변할 때 나름대로 정해 놓은 곳에 하는 편이다	☐	우리 개는 밖에서 배변할 때 어디든 상관없이 하는 편이다

우리 개 MBTI 결과

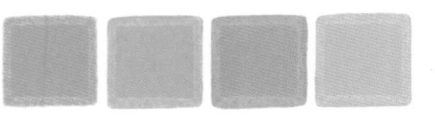

우리 개의 성격 특징을 써 보세요!

🐾
🐾
🐾
🐾

132

성격
Dog Character

개-MBTI   재미로 만들어 본 개-MBTI 우리 집 개 성격 유형 분석!

외향 Extraversion   에너지 방향   내향 Introversion

	우리 개는 비교적 활달한 쪽이다
	우리 개는 밖에 나갔다 오면 에너지가 더 솟아난다
	우리 개는 산책 할 때 다른 개를 만나면 먼저 다가가는 편이다

	우리 개는 비교적 차분한 쪽이다
	우리 개는 밖에 나갔다 오면 에너지가 소진된다
	우리 개는 산책 할 때 다른 개를 만나면 슬슬 피하는 편이다

감각 Sensing   인식 기능   직관 iNtuition

	우리 개는 새로운 장난감을 사주면 좋아하면서 바로 가지고 놀아본다
	우리 개는 가만히 있기보다 뭔가 할 일을 계속 찾아 다니는 편이다
	우리 개는 처음하는 훈련을 시도하면 간식을 노리고 일단 뭐든 따라 해본다

	우리 개는 새로운 장난감을 사주면 시간을 두고 관찰하고 탐색한다
	우리 개는 생각이 많아 보이고 멍 할 때가 많다
	우리 개는 처음하는 훈련을 시도하면 무슨 상황인지 파악하려고 빤히 쳐다본다

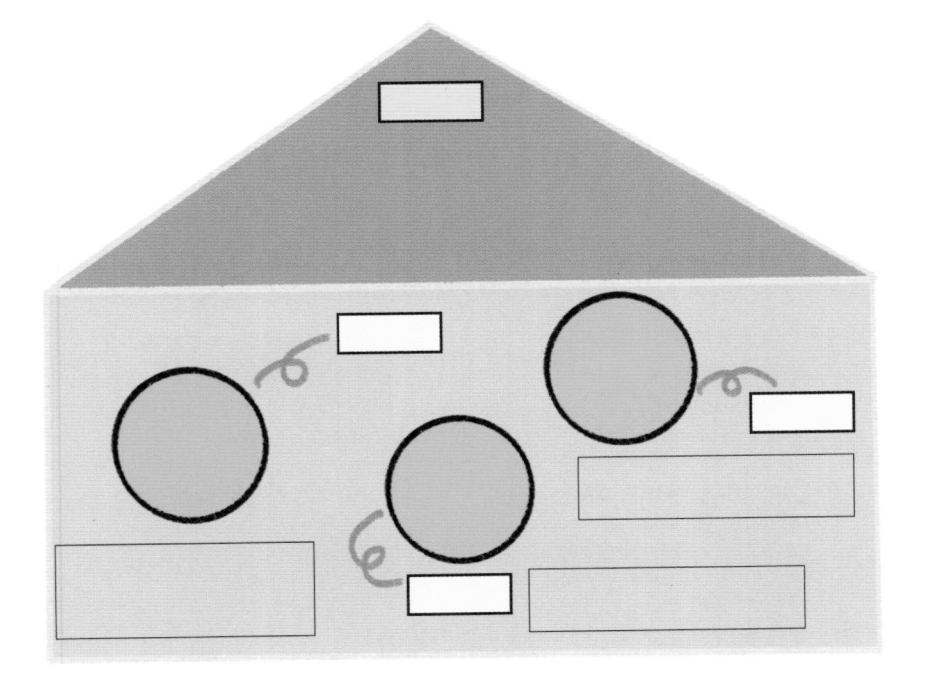

이 름	
사는 곳	
인스타그램 (기타사항)	

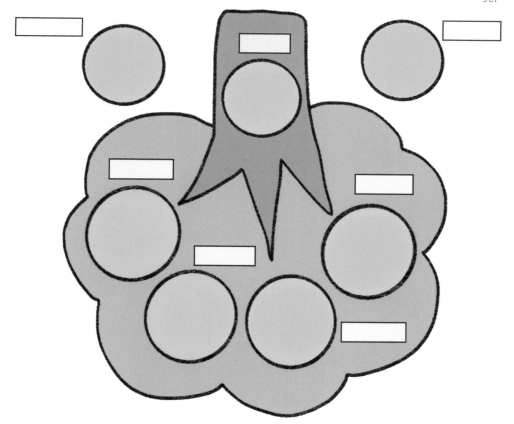

가족 사랑

Dog Family Tree

PHOTO

PHOTO

PHOTO

PHOTO

성장 기록
Dog Growth Chart

날짜	나이	첫체중	등길이	체고	특이사항

🐾 **마이크로 칩#** _____

🐾 **몸 무 게** _____

🐾 **신체 치수**

다리길이	목둘레	가슴둘레	등길이	털색

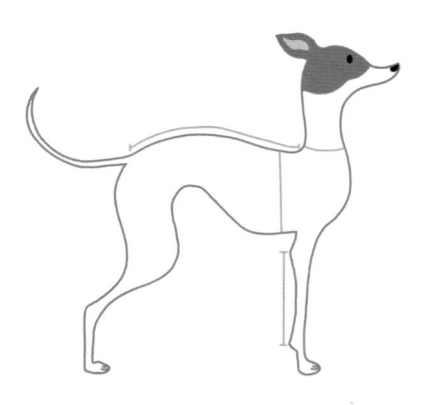

프로필

Photo

Dog Profile

🐾 이 름 _____

🐾 생 년 월 일 _____

🐾 견   종 _____

🐾 성   별 _____

🐾 중 성 화 여 부 _____

우리 집 개 다이어리 꾸미기

🐾 프로필　　🐾 성장기록　　🐾 가족사항　　🐾 성격 ㅣ 개-MBTI, 뇌 구조

🐾 개 일기장　　🐾 하루 일과표　　🐾 푸드 트래커　　🐾 건강관리 기록

🐾 개 여권　　🐾 개 발바닥 도장　　🐾 개 갤러리　　🐾 개 편지지 & 반려인 편지지